方

有诗远迎

——铺路石的心声

浙江工商大学出版社
ZHEJIANG GONGSHANG UNIVERSITY PRESS
·杭州·

图书在版编目（CIP）数据

有诗远迎：铺路石的心声 / 方平著. — 杭州：浙江工商大学出版社，2020.6
ISBN 978-7-5178-3906-4

Ⅰ. ①有… Ⅱ. ①方… Ⅲ. ①诗集—中国—当代
Ⅳ. ①I227

中国版本图书馆CIP数据核字（2020）第098568号

有诗远迎——铺路石的心声
YOU SHI YUAN YING——PULUSHI DE XINSHENG
方 平 著

特约编辑 李大军
责任编辑 刘淑娟 王黎明
封面设计 大漠照排
责任印刷 包建辉
出版发行 浙江工商大学出版社
（杭州市教工路198号 邮政编码310012）
（E-mail:zjgsupress@163.com）
（网址：http://www.zjgsupress.com）
电话：0571-88904980，88831806（传真）
排 版 杭州大漠照排印刷有限公司
印 刷 杭州丰源印刷有限公司
开 本 880mm×1230mm 1/32
印 张 3.5
字 数 61千
版印次 2020年6月第1版 2020年6月第1次印刷
书 号 ISBN 978-7-5178-3906-4
定 价 32.00元

浙江工商大学出版社营销部邮购电话 0571-88904970

序　言
Preface

那是一个盛夏雨后的夜，没有因为雨而改变腾腾热浪，也没有因为夜而让这个城市停止攘攘喧嚣。倒是坚持了多年的夜跑，又让运河的青石板上多了一些足迹，看似无痕却是至深。恰如从指尖流过的光阴，又恰如从身边走过的人和事，虽然，没有在那时那刻定格成局，却真实地填满了生活的轨迹，嵌入思维的空间，又激起一圈又一圈心湖的涟漪。

是夜，伴着汗洒一路的劲爽，一如往常地伫立桥头，端看南来北往的客舟：

或大或小，或轻或重，

或明或暗，或高或低，

或快或慢，或急或缓，

或静或喧，或来或往。

如此不同，但也略同，待船去波平之后，邀来微光的洒落，激起白鹭的飞游，连同只影的跳跃，但都仿佛不曾留恋那船、那浪、那人和那变幻的风云。遇景，谈不上惆怅满怀，无非有着职业的惯性，对“为何”和“何为”总多了些问津。友人笑称此为“入目三分”，其实于己而言，只是觉得做一些关乎沉淀的事，姑且算作一种生命的态度，抑或是一种优雅的重新出发。恰如桥下无可名状的蔓延，也可以成为“格子”之中的活物，不由想到是否可以提笔写下。

殊不知，这一提笔，便再无法放下。落笔就书，搁笔就思，在并不华丽的韵律舞动和字符跳动中，一字一句找寻生活圈、工作圈、朋友圈的生存法则，意韵纯粹但不空乏，浅文娇柔但不造作，就想以一种最为简约、近乎归零的仪式，在疫情肆虐般的无常前，在挽手奋足的黎明前，迎接生活的诗境、偶得的诗情和远方心弦的诗意，任其缓缓也可以是不安地流淌。

方平

书于杭州西湖区

2020 年 3 月 1 日

目 录
contents

第一编 晨思问霄

第二编

暮语飞绪

第三编 晚间绮梦

第四编
平心而论

第五编
与子同行

第一编

晨思问霄

清晨的第一缕阳光，穿过万里星空、千里云层，来到万物之上，以极其优雅的方式，掀开了新一天的序幕。不论极痛的昔日，还是狂喜的瞬时，都超过光速，驶向了不知名的彼岸。此时，我们唯一能做的，或许就是迎着阳光，呼吸空气，诗起文涌。

晨　日

静空待有破局时，
几缕焰流染云池。
虽亦前朝霾重重，
浮言沉晨道冥思。

（2019年初春，晨书于校园15楼办公室窗台前）

浅　句

欲说千山风雨，
却恐胸口无句，
是比奋斗者，
何以安足歇许？
践履，践履，
笙歌芽自毅举。

（2019年春，晨书于杭州白荡海荷花池边）

湖边随遇

绒衣一身入江湖，
短兵四九胜三伏。
低语短啸闲步阵，
破尽浊流几回输。

（2019 年春，遇西湖白堤旁的水鸭戏水）

忆漠行

大漠风沙，绝喧嚣、熙熙如烟。忆逝日、叹无醒梦，朝夕何连。沌入车海起与伏，凡絮残花月成年。休吝足、断尽天涯路，已臃贤。

掸身尘，释禅言。复来路，笑峻险。驾沙舟，竞逐浪遏飞天。功名不过千佛洞，坦途罗布耳垂根。更胜处，鸣沙雷音起，壮士篇。

（2019 年春，与君共忆青甘环线之旅）

小赋·搁笔

数笔寥寥空自省，
凡尘滚滚浮烟影。
缘来壶酒中，
杯落各分明，
知是入肠化悲悯，
饮尽甘苦知阴晴。
生熟景，阡陌上，比钱王，
无人树下数花黄，
笑对千信泪成行，
疾笔欲书记曾经，
奈何殇，等闲白发已苍苍。

（2018年春，晨思于钱塘江畔）

“察”叶

一季寒霜养青葱，
水形物语巧天工。
芯叶共渡烈焰红，
得来甘甜杯盏中。
（2018年春，取思于安吉一好友的白茶园）

雨　步

空山幽幽雨飞鸣，
潜入翠林润泽熙。
未留闲步复归离，
亭前已是落红零。
（2017年春，书于晨间校园小径）

小赋·春生

小园春来芬芳起，
劳燕振翅挥晨曦。
此处若非安心地，
何以暮身披尘衣。
寒窗里，
书声悠悠漫四壁，
挑灯不寐攻术题，
纵目一览家万里，
十二余载化往昔。
初心鸣，
纵是炎凉亦春庭。

（2017年春，起思于清晨五点至机场的路上）

忆沉古

清风小楼迎雅客，
茶谷幽香满书舍。
昨日映面异乡人，
今朝同趋沉思阁。

（2017 年春，拜访余杭径山沉古民宿）

小赋·白夜行

醒梦碎夜夜更长，
卷帘放目目成双。
倦步遇雨止怒江，
奋足绝尘盖骄阳。
来梦影，去无殇，
更作风霜化阴晴，
帆起云落破浪惊。
歇奋笔，追梦影，
淡墨浓思于君命。

（2018 年夏，晨书于窗台凭眺之时）

小赋 · 晨跑

蝉鸣空林浓夏至，
碧荷连天恰好时。
凉风卷叶生舞池，
晨曦晚照引诗词。
闲情逸，何心拾，
昨日新处成旧思，
寥寥几时演生死。
咫尺炙阳亦寒湿，
正明背阴犹晓知。
转身里，无西东，
渐隐独身于繁世。

（2018年夏，思于晨跑之中）

河　处

一骑飞尘黄河边，
杯茶未凉雨晴天。
才闻水上诵经声，
已渡天堑瞰山绵。

（2018 年夏，晨书于兰州黄河边）

一路西行三首（其一）·出塞

江南晨光一线出，
便向西北风情路。
贴地驰飞六千里，
驱车穿岩炙火途。
倒淌河流，祁连脉涌，
清水问食破前度，
青海湖韵花竞逐。
天空之镜引双目，
醉收三景三日无。

且歇许，思前足，
千年修心方万福。
（2018年夏，晨书于3000公里青甘环线上）

一路西行三首（其二）·苍茫

山高流云低，峰回天域近。
举目蜃楼出，未萦武帝心。
小方盘城涅，玉门春风临。
收渡万年尘，听得魔鬼音。
（2018年夏，晨望玉门关外雅丹地质公园）

一路西行三首（其三）·莫高窟

南来北往沙洲客，
顿悟佛光修窟阁。
千年风云入长河，
万古盛风未相割。
琢天工，勾神笔，
一画一像皆心泽。
默颜沉语对冷热，
纤指撩丝度善恶，

诚于来者心镜合。

叹飞天，恨无句，

羞书短语盖史歌。

（2018 年夏，晨旅敦煌莫高窟）

小赋 · 春园

晨风君袖踱幽径，

巧手拂面闭尘音。

几笔凡墨勾园图，

静留浓淡画穹清。

送梅目，穿枝屏，

一密一疏皆心景，

亦若来春争冬鸣。

雀声起，笑邻宾，

啾啾之音问躬行，

得来多少春秋名，

终是一身倒影化空灵。

（2019 年初春，晨书于杭州下沙消防主题公园）

纷　絮

遥看飞雪银舞天，
落入五月纷凡间。
不敢开窗迎纷絮，
毕竟此非逍遥殿。

（2019年夏，晨望校园内柳絮而作）

开化慧根

不负天地精华，
十指妙手著章，
一动传神法，
一静千古飞扬，
醉雅，醉雅，
朽木寐醒春乡。

（2019年夏，晨书于衢州开化根宫佛国）

莲　蓬

清影舞在粉黛落，
不斗红艳不斗瘦。
最喜疾风沐骤雨，
挥去旧尘新缨稠。

（2019 年盛夏，书于杭州白荡海荷花池畔）

观　雨

往来求者络绎，
举目各是东西，
欲舍旧尘泥，
道是一场新雨，
如洗，如洗，
罢了多少悲喜。

（2019 年夏，晨书于安徽宏村避雨之中）

红城之上

浓睡未消寅时梦，
推窗欲引凉晨风。
炎日做伴星月起，
火烧蒸城赤壁红。

（2017 年夏，书于盛夏一晨起）

再修 · 雨中还乡

骤雨弹翠叶，疾风梳浓枝。
新径迎旧客，熟步晚来迟。
别时花未开，今已柚满枝。
不为衣锦还，却知躬行事。

（2018 年秋，起思于儿时老屋前）

“雾”空

举目三尺无凡物，
入境皆是入迷途。
疑是前人影还在，
无可奈何新颜出。
天公应是巧师徒，
不拘一格晴作雨。
冷壁之上白赋美，
为是苍生填空曲。

（2018 年深秋，书于校园清晨迷雾之中）

小赋·回思

昨看九月遥无期，
忽见碎瓣又归离，
未怨暖风醉迷意，
留君一池风吹醒。
疾风里，相月依，
暑日不过六十几，
踏痕未逾四百里，

修问亦无比同异，
三问已，何相提，
回思尽在萧萧秋风里。
（2018 年秋，晨书于新学期驶往学校的路上）

向行雪山两首（其一）·破绝望坡

子时向行绝望坡，
穿岩十里忘背陡。
纷雪不止前进步，
举目已是崖尽头。
（2017 年秋，凌晨书于四川四姑娘山大峰）

向行雪山两首（其二）·近天

三百里弯上青天，
四季轮转一线间。
不近危崖不知景，
飞云流载壮士言。
（2017 年秋，凌晨书于四川四姑娘山大峰）

入　境

一簇嫩黄重枝头，
两三羞叶隐笑眸。
四面忽入甜香阵，
溢流甘汁封客喉。
（2017年夏，书于塘栖枇杷园）

火柿节

秋实不止一仓，
满山柿气香彰，
旧时十碗啬，
今朝游客攘攘，
南塘，南塘，
横河新梦还乡。
（2019年秋，晨书于萧山临浦梅里火柿节）

欲　冬

一叶秋黄未竟时，
静湖冬风起又止。
若知轮回自天成，
空有暖手捂寒枝。

（2018年秋，晨书于校园小径）

云和梯雨

九曲直上风景异，
阴雨晴柔雾中弥。
欲拨浮云七星田，
穿岩不过二十里。

（2017年秋，书于丽水云和七星墩）

秋　尘

初见寒露秋色深，
满地生香沁城尘。
留足不贪金银色，
昨日何处桂雨纷。

（2017 年秋，书于杭州满陇桂雨）

随　变

山濛水雾轻舟，
寒梅香枝凝眸，
鸣声远悠悠，近悠悠。
忽来几缕浪皱，
捭落寐意飞游，
谁家闹这头，闹那头。

（2019 年冬，晨书于西湖孤山脚下）

南　窗

轻舟片片天际飞，
连角阵阵战鼓擂。
莫笑区区草船事，
沙场凄凄几人归。

（2019 年冬晨，听闻有一创业者轻生之事而作）

渡　春

一帘冬风一帘梦，
窗含隐雨庚子春。
缪缪喧音忘前度，
丝丝静虑藏沉沦。
同泰殿音杳无痕，
经至道理在读耕。
苍翠借雨洗生尘，
滴落新泪肥旧根。

（2019 年冬，书于晨间的嵊州鹿山公园）

雪　花

一夜沙雨自啸风，
晓看寒梅二度红。
谁言病树无新春，
银枝弄舞韵神功。

（2018 年冬，作于杭州首场大雪之后）

再修·风雨

秋去冬浓自天成，
寒雨逐风无相问。
本是同缘三轮回，
何须暗流肆意生。

（2018 年冬，作于上班时的雨路上）

第二编 暮语飞绪

如期而遇的暮光，掩埋尘世的喧嚣，也唤醒夜色的飘摇，不带一丝犹豫，不留一点死角，以笼罩的姿势，安抚又一场白昼的纷繁。有一种温柔的存在，是把渐变的颜色收入眼眶，不加任何浓淡的粉饰，任其在脑海中喷发、散落，激起无数沉默的浪花。

小赋·春潮

春潮初生，卸下寒凝了冬痕。
波纹相送，欲与柳岸枕水同。
何奈暗流，横出新怨代旧愁。
朝夕未停，隐渡往来两舟名。

（2019 年春，暮书于杭州北山路）

眺工程旧址怀思

红墙青黛今犹在，
门前小渠化车海。
依稀蓝雨凡人歌，
少年相识已廿载。
炒粉干，盖浇饭，
百花夜场五元买。
更有战术精英排，
电脑一亮格斗开。
烫渣地，寒阶梯，
尽是童鞋春秋忆。

（2019 年春，在大学旧址文一路 88 号前所书）

春　帘

时节未过元月天，
细雨凉风和霜田。
绿丝不解晴空寒，
起作春帘舞梅边。

（2018 年春，起思于西溪河边柳树抽丝正浓）

临　楚

一别荆楚恍十年，
覆辙重履半日间。
名楼秀水鲳鱼跃，
只是渡客不复闲。

（2018 年春，书于武汉长江饭店）

湘湖拱桥

入渠千年不化，
安闻潮鸣轻筏，
往来匆步履，
邀来馨忆留下，
如雅，如雅，
可知收尽多少余霞。

（2019年初夏，暮书于萧山湘湖人家）

醉拾龙门

穿云入峰岭，探源龙门居。
开山几千里，化作钱江渠。
隐龙飞瀑间，青螺赛清鱼。
莫道君归迟，何茶醇如许。

（2019年夏，书于衢州开化龙门钱江源）

经　纬

纵有两季过迁，
亲音一句留年，
依旧敏思叠，
妙得新屋晴天，
叹言，叹言，
庭院深深匠心绵绵。
（2019 年夏，暮书于转型升级后的杭州经纬创意产业园）

校园夏日

入地三尺避阳，
竟目天宫泪行，
零落繁花处、繁华处。
拾得镜面波光。
月浓乘风思量。
留问何来路？何去路？
（2019 年炎夏，书于校园）

小赋·黄山

说来一穹急雨，飞流四方瀑渠。
九霄抚问莲峰，道来阴晴迷局。
濛中大块文章，多少醍醐灌顶。
轻吟海上云曲，随浪孤影弄掬。
景终景，途归途，盛名不负虚。

（2019 年夏，暮书于安徽黄山北海）

送友人

蒸日长空雷闪鸣，来也冥冥，去也冥冥，残留苍世一分省。

浓夜何事摇酒樽，满是愁情，空是愁情，数来尽是两分明。

（2019 年夏暮，参加一好友的辞别酒会）

朧

白羽旋动于空，
舞拍了然飞穹，
往来叩问中，
唯望不现其朧，
汗涌，汗涌，
终是迟暮叹昔浓。
（2019 年初夏，暮书于学校羽毛球馆）

西　阳

举目飞霞留川阳，
低头足前数花黄。
别是一场年年景，
沉时何须浮事彰。
（2019 年初夏，暮书于杭州九堡大桥）

丝　坊

拈叶灵径隐小楼，
飞鸣晚钟山更幽。
寻音巧入丝画中，
一阵羌笛一梦宿。

（2018 年夏，暮书于杭州法喜寺边西子丝坊）

湘　问

一弯湘水流云影，
知迟暮色入空晴。
闲心易惰勤功夫，
莫让羞书成君瘾。

（2018 年夏，暮作于萧山湘湖跨湖桥）

散句·窗雨

雨，慢慢飘落，
如柔毯披向尘世，
沉寂了喧嚣，
也降慢了步调，
喜欢抑或不喜欢，
都不会改变滑落的方向。

窗，默默等候，
如一双习惯等待的明眸，
望尽流动的流光，
也成为流光的一面。
里头抑或外头，
都不曾掩饰阴阳的交错。

尘世的有趣，
其实就在于异样的间隔，
也有同样的相合，
正如转角遇见的方向，
又如一阵冷暖的交替。

此刻，
宁雨临窗，
思绪流淌……
（2017 年夏，书于新昌大佛寺）

湖畔简书

青山空影浓雾远，
席风卷雨化清澜。
才以侧目收阁物，
轻舟一叶入山峦。
（2017 年夏，书于淳安千岛湖畔）

忆山居

海天一色入仙阁，
灵山秀水两相合。
忽闻寨门欸乃声，
缘是清风羡茶客。
（2017 年夏，到访宁波象山游仙寨）

神龙谷

百折千回上灵山，
神龙踞谷湫水满。
飞声起落层峦间，
一袖紫雾一宿眠。
清风岂羡繁枝天，
自在林中寻心贤。
忽闻长生殿中曲，
并颂将魂自此传。

（2019年秋，写在丽水神龙谷）

过“焰”

白浪彤云相间，
若比冬凛夏炎。
只似凡世常见，
潇潇暮中问天。
轮回至于哪边，

会有陌面及仙？
终是一场过客云烟。
（2019 年深秋，暮书于杭州至石家庄的空中云海上）

隋　镜

一字千年留谜，
更出寒山问题，
是否自梦里，知梦里。
风止清香梳篱，
帆动机缘方起，
残愿何事持？何事迟？
（2019 年深秋，书于天台国清寺问禅智云大师之后）

庄源印象

静水流深孤桥下，
百年樟群矮篱墙。
灵犬守客不守户，
摇尾轻问去哪家。
（2017 年深秋，书于淳安姜家镇庄源村）

“灶”米

一味炭火千日薪，
伐木叮叮灶中盈。
谁家慈手造心物，
旧炉生香送脆品。

（2019年初冬，书于故乡土灶台边）

向　学

小楼曲径幽园，
绿枝红叶荷残，
若秋言，若冬言。
道尽月月年年，
巍然自在书间，
若得闲，安得贤？

（2019年冬，暮作于杭州白荡海小径）

赤　暮

斜阳有义留赤暮，
引来墨枝点灯烛。
往来多少绘者心，
画尽凡世为尘屋。

（2019 年初冬，参加杭州闲林校友聚会所书）

数　冬

纷雨穿骨入，飞雪盖穷庐。
隔窗闻零落，念同来时路。
季季五更足，寥寥胸中术。
不敢妄义者，何以数今冬？

（2018 年冬，观转塘美术展有感）

再向西行三首（其一）·又见敦煌

去时炎日凛风还，
乡音故人无一改。
一夜潇音渡东西，
六千里路化云端。
忆初识，问青甘，
竞日逐夕飞轮战，
祁连山威哪难关，
待重头，残血染，
与君好处恰在事事善。

（2018 年冬，与朋友再赴敦煌时所作）

再向西行三首（其二）·雅丹

今借大漠风，遁入雅丹门。
未闻魔鬼唳，却识鬼斧功。
亿年磨锋刃，琢得珍世镶。
不敢妄出句，无可会天翁。

（2018 年冬，暮书于罗布泊耳垂边）

再向西行三首（其三）·走塞

塞上飞雪走还留，
沙州作屏挥白墨。
点画千年浮沉事，
欲与鸿儒辩俗修。
闯三危，渡党河，
冰川淌流峡谷柔，
映穹敖包金光烁，
乐声浓，诗精琢，
斜阳芦苇若傍秋，
更有胜景处，
陶笛悠悠皑雪盈君眸。

（2018 年冬，徜徉肃州、三危山、敦煌之后，起思于聆听好友陶笛之中）

第三编

晚间绮梦

曾几何时，喜欢夜色，并非因为漆黑的宁静，或是灯火的阑珊，而是此时，才可以平静下来，捧起一盏茶，听上一首曲，抑或是开启一段自我得意的夜跑，故作思考，实为向一半的生命递交一份小结，寻找一份短暂的心安。

吾　村

碎雨疾步横山前，夜闻乡土岸坎边。
曾是往来闭目行，今借风烛辞陌面。
忆昔多少童言翩，银丝惘客夺发线。
幸留贤心常彻夜，爆竹声暖盖寒天。

（2019 年正月初五，晚书于故乡萧山临浦）

怪　象

挑灯风餐夜归人，
纵横街巷家校臣。
陌面浅笑初相识，
尽问家小学几门。

（2019 年春，晚书于西湖边少年宫）

森　君

余音绕耳对森君，
红炉小火煮茶韵。
谈笑非是虚无事，
一盏饮尽耕新耘。

（2018 年春，晚书于杭州孪生画室，对话张森校长）

无　题

细雨催红串串浓，
亦落芳菲无蚕痕。
本以温心书烟色，
何奈送春又一程。

（2018 年春，起思于夜间毅行）

小赋·释忧

修书为知将来事，
岂知将来自今时。
廿年愁喜后纷说，
凡语落沉乾坤池。
轮回里，旧阁异，
听得善言复归离，
何来深忧瘦君衣，
笑意盈，
青丝染霜忆满庭！

（2018 年春，写在观影《解忧杂货店》后）

南　赴

潇雨风尘八百里，
春雷一声入旧地。
流景不知人等迟，
早有南君蓝颜齐。

（2018 年春，书于暴雨中前往温州的路上）

夜跑·老桥

安卧浮水连南北，
洗尽铅华梳清眉。
数下千年不过隙，
旧客新舟又轮回。
（2017年春，书于夜色中的卖鱼桥边）

夜跑·落红

几时春雨常为客，
夺去新晴暗旧阁。
欲以推窗引嫣语，
何奈落红满窗歌。
（2019年初夏，晚书于杭州运河边）

夜跑·随想

潇声四起夜雨来，
疾步追影笑苍白。
借尔东南西北风，
乘此独上青云端。

（2018 年夏，晚书于小区幽径上）

夜跑·月沉

一夜嚣歌渡天门，
踏作云步逐星辰。
荡胸绒月生经愁，
千里异响分外沉。

（2017 年夏，晚书于夜跑之中）

隐　影

独怜毅者怀仁心，
洗尽铅华归山隐。
但使粉身入苍冢，
亦留清风明月影。

（2017 年春，起思于观影《金刚狼》之后）

晚　舟

柳浪树影和晚风，
杳兴夜莺放歌声。
移舟未泊春影中，
使于前方入新程。

（2017 年春，书于柳浪闻莺公园）

慧　言

异客他乡寻故迹，
却惹新愁添心疑。
若非智者慧言喻，
凡尘已割阴阳地。

（2017 年春，起思于观影《寻梦环游记》之后）

赴台三首（一）·台风

小城今夜沐台风，叩问寒窗醒寐人。
涕零檐泪朝并夕，数雨痕。
来时浅音去声横，空影依旧翻云腾。
莫是宫阙起纷语，无人问。

（2019 年夏，作于台风笼罩下的义乌机场）

赴台三首（二）·海生

墨色点月，邀来云被笼盖异客。
潮音迭起，抚弄白弦比若雷彻。
席地同寐，伴梦伴醒伴临鱼侧。
朝夕萧然，听风听雨听海笙歌。

（2019年夏，书于晚间的台湾海洋生物展览馆外楼台）

赴台三首（三）·此忆

青天相对白日出，竞舟披雨潭风逐。
浓雾不遮清净坡，乡土隐埋忠正骨。
望以世治经纶术，一片江山一片枯。
若使同心向分壑，不叫惘者扰共渡。

（2019年夏，晚忆雨中的台湾日月潭）

观　乐

清音飞梁隐踪，
浓曲沉镇入胸，
空山新雨后，
潺流旧乐西东。
叹咏，叹咏，
愁眉多少峥嵘。

（2019 年夏，书于转塘李生画室）

停　电

独守小屋朝至夕，
夜来炎潮杳无期。
恰时霓灯破长空，
邀来酥雨道天机。

（2019 年夏，值班，书于深夜的校园内）

铭 镇

飘香廿里迎客，
一名纵横江河，
杯饮千古事，
血泪浓烟未遮，
来者，来者，
青山不负往者。
（2019 年夏，书于贵州茅台镇美酒河边）

何 惧

骤雨犹有期，
邀来洗尘衣。
如有凄风临，
还以暗香弥。
（2018 年夏，书于晚间雨后夜跑之中）

问　渡

夜寻石龙山中村，
得来馨韵自双魂。
对饮清茶沉千语，
道以箴言渡万人。

（2017 年初夏，到访杭州李生画室）

凉　词

末炎稍逊风骚，
便唤初露逍遥，
丛中浮一事，沉一世。
常道年月稀疏，
荷尽桂香满庐。
此中几人闻，几人问。

（2019 年初夏，书于大运河夜跑途中）

京 秀

临湖小楼曰青阁，
西花流壁江南色。
坐饮观风浓转淡，
一盏香醇一离合。

（2018 年夏，书于北京后海畔）

映 湖

昨日北国红豆簇，今时浓抹金秋屋。
一江白涛隔千里，山川青空同一途。
只是光阴过隙出，年年岁岁无可数。
不羡恍恍水中月，叶落萧萧又奋足。

（2019 年冬，自北京回杭后议事于西湖边）

北赴（岛城）

流云一梦入齐鲁，
红绿碧蓝染苍目。
何事长相望青城，
毕竟此地满君馥。
起帆乎，射劲弩，
百年修世洗前辱。
去留肝胆海上家，
忠魂处处满心屋。
（2019 年夏，书于山东青岛）

北赴（忆崂山）

是别青城梵华，
又拾碧琼紫霞，
翘首东海滨，
太清思量无涯。
道法，道法，
醒梦浑翠入画。
（2019 年夏，书于山东青岛）

宵　问

夜自霓灯竟初，
夕照终幻落暮，
何为其中序，其中曲。
倒是暗荷无语，
尽收往来嚣句，
知是多一念，少一年。

（2019年10月，书于杭州北山路）

随　问

掩耳不闻潮起，
汐月青空引题。
以为千古序，
多是一场梦溢，
叹兮？叹兮？
这里何处周比。

（2019年9月，书于运河边）

小赋·村宵

一夜灯火一夜笙，
阑珊深处潺音横。
青石廊桥暗镜出，
云烟成雨惊荷梦。
念几丝，满几池，
黟然过后循汪祠，
谨修辞，守正世，
潇潇雨途来晴日。

（2019 年夏，书于安徽宏村汪氏宗祠）

点名状

鹤舞千里云，鹏飞万象生。
不羡清宫月，何时赛此辰。
良才起于森，鲲大越浮尘。
皓首须臾间，朝夕无复生。

（2019 年冬，与好友聚，以姓氏其中一字组合而作）

风　逐

暗夜碎光泛长河，
涟漪翻覆，叠影漫布，
谁在此中醉目舒？
劝伊春风休恼怒，
抚乱柳梳，凌乱枝图，
卷落初香临风舞。

（2019 年夏，晚书于运河卖鱼桥码头）

翻　覆

翻云浮生青穹，
满城霓光红涌，
似无观止处，
偶得静弦于胸，
谁同，谁同，
沦落此处暮冬。

（2019 年 12 月降落于萧山机场）

再修·游子

一驰电掣入江北，
浓雾未始初阳追。
感此怀故多少程，
犹是深功浅修为。
（2017年秋，晨书于母校120周年校庆之际）

再修·省时

一语三格[①]励百年，
疾风骤雨洗金言。
不若省慎奋书笔，
风云何以涌潮前。
（2018年秋，晨书于军训现场）

① 三格指人格、报格、国格。

再修·问叶

瑟瑟秋风催叶落，
摇影似如归醉愁。
深径穿流沙沙声，
浅知何须假临摹。
（2017年冬，书于杭州电子科技大学文一校区）

第四编

平心而论

或许一部单调的电影，也或许是一本乏味的读物，占用了你的睡眠时间，打搅了你的碰杯机会，甚至还强迫你在摇晃的车厢里，考验眼神的定力。但当你把视线从此物上移开，总会觉得有些话想说，有些字想写，或者有些泪已流……

震　感

论场面，不及大片十分之一；

论人马，不过本土三两新人；

论题材，不异前师匠心手作；

论热度，不入评说风云榜单。

然而，论抓取，不无真切感、真实感。事与情、观与察、迷与茫、悲与惨，以自然的方式，钻进毛孔，融入血液。故：影之道，贵以扬神，自然而然。一次简单的带入，便是一次浓烈的点燃，让各种符号以极其优雅的方式占领梦寐的空间，且回音久久！

（2019 年 12 月，写在观影《大地震》之后 ）

等　闲

就是如此：

国家和先锋，民族和英雄，

赞歌和冷思，落幕和弥彰，

搭配成完美的组合，以一种理所应当的气势，钻入几欲沉睡又不愿安睡的空间。忘了，那块头巾的主人叫什么，那块头巾包裹着什么肤色的大脑，浸染着多少的春秋过往，萦绕着如何的矢志不渝。仅知，鲜红的血液在英雄的身上抹上一道曙光，在以十抵万的“不等式”中，让那人那事那时成为一种思绪的弥漫，也拷问每一双“近视”的眼睛。

（2019 年 11 月，写在观影《橙黄色的头巾》之后）

临　城

万仞孤城雪山重，
纷絮潜入旧王宫。
不言寒士无避屋，
欲饮蛮血丢头颅。
问体统，疑智穷，
纵横之计徒心空，
千军入冢埋君荣。
始知新世已临门，
挥袖一遮救万众，
悲切浓，青山留，
开泰尽在阵阵遏浪中。

（2019年9月，写在观影《兵临城下》之后）

黑　白

如果一部彩色电影，演绎出黑白的气息；

如果一个孤身背影，牵引出众生的迷离；

如果一片模糊思域，放大了世界的清晰；

如果一场难收悲剧，点燃了镇定的笑意。

是否可以称其为“具有一定思想的作品”，而接驳其义的，或还需要一定的心情共振和背景剥离。

American Beauty 或许是本片 *The Neighbor* 的鼻祖，一道承接了美系鲜明的黑色情调，沉闷合着沉迷，迷茫合着迷情，无奈合着无知，天真合着天性，在讲述一个老故事后，也启迪一阵新思绪，随着室外的那般暗流，肆意涌动……

（2019年9月，写在观影《The Neighbor》之后）

大　同

西方不懂东方的美，或许仅是文字的苍白表达，融与和的主线，捆绑着这个时代，也浸染着每个命题。由一张残照引发的生死思考，似乎比想象的更加跌宕起伏，而东方文明的鲜亮登场，似乎对世情的洞察与表达更为直接、更富温度、更具伦理，恰如：

"死而不亡"的存在、"魂归故土"的期待、

"善恶因果"的自然、"家风家训"的流载。

是故，扯去肤色、留下筋骨的外延表达，也是一种极为高明的大同意识，亦如"初心犹在，问如何来"的彩蛋，在落幕后思绪飞起，吉他响……

（2019 年 8 月，写在观影《寻梦环游记》之后）

素　味

对于“影”的品质，各有分说很是常态，但场景、特技、角儿和票房，似乎是多数作品一拼到底的杠杆，如果有一部作品，缺少以上任何一个加分项，而是归于仅有纯粹的表情、语言和零碎的声音表达，会不会过于单薄？

然而，*The Guilty* 真做到了彻底的“素清”，倒也丰盛得来不及赞美：一个演员，一条热线，一部手机，一台电脑，一个空房间，却带来了一气呵成的剧情发展。主线拼接，把逆势和顺势、设问和解问、绝望和希望、机会和机缘，快递给观者，也唤醒每一个想追问原委的细胞，而推门而出的一刻，阿斯格和沉默许久的观者，似乎都得到了想要的答案，留下的，只有那盏静候且无惧的红灯，不知何时再次亮起摇曳……

（2019 年 3 月，写在观影《The Guilty》之后）

崛　起

有高贵的出生，却选择了以较量和竞逐定义威名；

有安享的机会，却选择了以脚步和足迹丈量世界。

没有生存的可能，却借势于水和火，迎来一次重生；

没有谅解的空间，却柔释于善与缘，开启一场修行。

相比东方内秀的婉约，西式内敛的粗旷“到达”效应一不小心在场景、温度上更有一种所谓的低姿态。或许就是这种习以为常的“不小心”，点燃的其实是久违的思考之光和崇尚之烛，正如面对生死临界点，镇定的选择终是徒劳的，天然投射的应是来路的离殇和尽头的方向，还有“endless meaning in life”。然而，剧情终归是剧情，吸引双睛的还是华丽的外衣，外加万年重现的气息以及转瞬即逝的空明。

（2019 年 2 月，写在观影《*Alpha*》之后）

活　着

一种简单的存在，
美其名曰“活着”，
而如果岁月会言语，
或许最平静也是最痛彻的一种死去，
便叫作“活着”。
福贵，不如其名，也恰如其名，
一时的浑噩，四世的偿还，
血火的洗礼，苟且的残喘，
是黑发人送白发人的悲切，
还是白发人送黑发人的心绞，
抑或是同一屋两代三人的殒命？
命运的感叹词，
修饰一人却思定一片：
且看且虑，
还有什么比好好活着，
更能得到命运的尊重。

（2018 年冬，读《活着》有感）

颂　行

讲银幕，说事体，斯逝光阴方肆意。

看似一本正经的“无厘头”，却嵌入了胶片江湖的“刀光剑影”，挑起对无端生活的笑看，也道出原著的缘起、名家的锋芒，还有，一点点看客的挑剔，恰如：

内容杂了，场景补；

主线糊了，人物补；

演技短了，内容补。

当然，相比较一些“白开水”构思和一些关于鸿鹄的想象，那里的狄更斯和这里的金庸跨越时空作揖问好、沏茶问道，送出自我辩驳、自我革命、自我颠覆的意念创造，且终用一本书的始末，丈量那些或名也不可名的最真的诚，最美的好；最虚的假，最劣的伪；最空的得，最痛的失，一并归入那最沉的思之中……

（2018年秋，写在观影《圣诞颂歌》之后）

六　问

带着六问，跟着第十二人，穿梭了那一段泣血时空：
酷刑与定心的相距几何？
凡人与奇迹的相遇几何？
偶然与必然的相辅几何？
胆怯与笃定的相变几何？
失败与成功的相对几何？
淡忘与铭记的相向几何？
而答案皆在最后一颗子弹飞离、最后雪橇过境的时刻，给出了得以真实存在的答案！
（2018年秋，写在观影《第十二个人》之后）

对　局

四方天地，恰如世间，既能容真，也能藏假。一个故事已缥缈四年，但该记得的一丝都没有淡去，反而因为更了名，换了业，变了色，抑或是改了性，都让迷局更陷迷局。小刘和小凯的对局，似乎一开始就预示无人胜负，因为同样但不同时的逝去、颠倒、迷失和极恶，早让双方心灵最底层的天平失衡，“海啸”的来临，只是时间的顺势和机缘的诞生。

评论或者宣判，自是第三人称的一种驾轻就熟，让信誓旦旦的外衣褪去，让千呼万唤的真实来得宁静、坦然，殊不知，真相驾到，却已疲惫不堪。若不是这次暴虐的尝试，那颗错失的子弹还是半自动的闸门，秋天似乎还是那个秋天，只不过，镜湖边，多了一个似乎永不瞑目的魂，还有一个为真相守候的影！末了，还是为那些敢于想象和创作的大脑、眼睛和双手致敬，毕竟，不落俗套的表达，让小成本有了大作为！

（2018 年冬，写在观影《10 × 10》之后）

铁　雨

在静静的夜，
用注视的目光，
迎来一场“铁雨”。
“雨”如其名，
比雪冷，比霜严，比心狠，
若不是雨中流淌的热血，
绝唤醒不了将死的面对。
很想用一个词来唤醒，
却发现睡去的只有自己，
幸好有这场刚刚好的“雨”，
浇灭一些可笑的火星，
也点燃一些清醒的火种，
让模糊有点微亮，
恰如今晨久违的朝阳。
“雨”还是“雨”，
不为哀乐所动，
不为贫富所敛，
不要等着“雨”停，

不要盼着天晴，
要做的，无非撑起铁伞，
不怕湿，还有几人同行。
——致敬每个能从“雨”中走来的人

（2018年冬，写在观影《铁雨》之后）

以生的名义

以酒店命名的电影，在圈内可谓举不胜举，但当希腊女神遇上美式暴力，似乎劲爆可以。而此处言为劲爆，并非是看得到的血染、听得到的穿射以及嗅得到的腥息，恰恰在于一例例映射人性的哲学个案：

孤楼不孤，铁门不铁，生存法则从未缺失支点；

向恶施恶，以善报善，凛然道义始终朗朗乾坤；

疑人不疑，清者自清，知是泯灭依旧向死而行。

不落俗套的表达和不尽其然的虚掩，让整片的每个细胞都迸发出想要的能量。这色彩是老式民谣在随身哼唱，是“今晚很忙”在翩翩起舞，是黑色幽默在冷冷嘲笑，是机关算尽后悬疑接力，更是阿尔忒弥斯利箭射出，霓虹灯光再次绚烂于夜空之上……

（2018年秋，写在观影《阿尔忒弥斯酒店》之后）

是谁在“广告”

一直觉得：生活的治愈之术来自跳出圈子看圈子的痛彻，观影似乎是其中要法。因为细节的放大镜效应更易触心留痕，正如这一开始的轰鸣引擎，配合橡胶与柏油的合曲，散发出西部生活的“焦味”，戏剧人生的感同气息就此蔓延。三块广告牌浓缩为一个故事，一生的无谓停于一声枪响，两次音乐扭转两次乾坤，三个人的执着揭露三代人的真面。是悲剧但悲不起来，有笑点但笑不出来，说苦楚但无缘由，蜻蜓点水又浪遏飞舟地袭来，呈现出一堂无可挑剔的社会认知课，而听课的人似懂非懂地静看并落笔写下……

（2018 年夏，写在观影《三块广告牌》之后）

第五编 与子同行

是日，友君问起，何为师者的幸福感。一时语塞，未有直言，回想起来，倒真是一道难题，因为此类定义很多，庸言很多，但其中一处，恐确是不为师者所不能感的，那便是与子同行之乐。岁月不惊，与子同行，四季皆晴，为师的生命正在这样的开始、结束又开始的轮回中有了温度和色彩，姑且称之为幸福感吧……

善　言

欣闻百子入新府，
歌舞相迎对朝暮。
但知闲心落桂花，
一去四年绝不复。
（致刚入学的 2019 级新生）

初　见

初识相见，钱塘之滨，
二百芳华，竞出贤林。
非是缘起连书情，
偎灯攻读几泪襟。
可息宁？可闲心？
满目入屏忘阴晴？
不及至善无羞音？
涛声并起，以书诵吟，
不惧孤军独赴学海里，
但留四载金戈铁马行。
（致刚入学的 2018 级新生）

军训（其一）·点兵

秋来沙场点兵阵，
戎装之下铁骨铮。
不比颜值比威风，
二百壮士武亦文。
声声隆，步步沉，
幸得骄阳乐其温，
风雨入笔化墨痕。
零零后，恰如曾，
心有天地自从容。

（2018 年秋，书于校园体育馆）

军训（共二）·同行

每每看到校园迷彩，就想到1999年的“烈焰神天”，少风，少云，少雨，还少了寝室标配之一的降温神器——电风扇。说是浑噩，但也清醒，至少一个晚上三次冲凉，让深夜阳台成为《深夜食堂》的雏形，也有“不识大学真面目，只缘身在烟雨中”的悲壮……

有怎样的夜，便有怎样的昼，当帷幕拉开，处处都是灼心之作：第一次见证了真实的皮肤“晒化”，见证了自称“毒鸟”的站立式晕倒，见证了滂沱大雨中的正步齐鸣和部队范儿的“冷嘲热讽”。林林总总，久远但却清晰，你说重要倒也未必，只不过在摩肩之中，回想或是遇见那一张张熟悉的脸，都会彼此相近，报以微笑。人生肆意，不仅是一种真实的存在，更是在同行路上，彼此道一声的那句“原来你也在这里”！

（2019年，书于浙江理工大学下沙校区笃行路）

军训（其三）·阅行

昨日萌面露俊颜，
震地豪言飞云边。
莫问壮心何时起，
古今一脉始少年。

（观 2017 级新生军训汇报演出有感）

义　季

何时归来满忆，
一路肆寻初曦，
徘徊几回里，
蓦然已是新题，
义季，义季，
潮头谁更思议。

（写在传统文化书院义季活动启动之时）

箴　言

初心化音绵延，
往来鸿儒据典，
声洪忧心隙，
羞让浅思空溅，
箴言，箴言，
轻己方可擎天。

（观学风建设表彰会有感）

小赋·薪火相传

适逢此时，诸君相临，四载砥砺，金榜鸣音。
时间煮雨，润尽一方空谷幽兰；
岁月流声，道出一腔热血肺腑。
汝君之中，厚德致远，止于至善，博学敦行，四年如一，
求是笃实，心存社稷，实为浙理之星、新传之光。
昨花终落烟雨中，不眷来路启新程。
恪守三格于四方，迎面笑逢新传人。

（写在 2018 届毕业生晚会现场）

苦语·致2017届毕业生

时至毕业，无礼相送，道几句简语，仅作同思题。

2017年6月

人潮之中，何以立命？于今而言，

是否应更懂世故之理，做有情有义之人，毕竟情怀决定视野；

是否应更懂创新之度，做谦虚谨慎之人，毕竟功不可以抵过；

是否应更懂敬畏之感，做清风明月之人，毕竟规则前几人殊；

是否应更懂思想之要，做内心笃定之人，毕竟理想也在变化。

浅谈，共思！

话剧·纳兰有韵

一帘旧幕映新剧，
承启夙愿逐先驱。
不为浮世作浮萍，
但有清音开清渠。

（纳兰，系本人指导下的星级话剧社团）

留　声

初入阳关时未长，
却识乡韵皆四方。
若非彻骨拳拳心，
哪得醇音悠悠荡。

（参加留学生才艺表演有感）

庆　生

多年未临的场，
多载所望的境，
在动静、喜笑、呐喊中，
迸发出圆月的韵味，
还有那个叫心暖的东西。
这一次，
有心的人们又把饥肠辘辘，
变成一种温情款款，
刻在这片叫浙理的地方。
相信，也有一点忐忑，
若负于如此点滴？
该居于何种境地？
又归于何方隐逸？
且等来日，
与君肩齐，
奋笔写下本色初心！

（写在史量才新闻与传播学院办学 15 周年之际）

小赋·庆

飘摇之年，赴身新学，
兴邦夙念，毕生行践，
三格真言，沥雨弥坚，
往者犹是，来者亦贤。
且看今日：
十五芳华沥风雨，
五十志师引智渠。
初心不忘新传人，
文枝待折书来旅。

（写在史量才新闻与传播学院办学16周年之际）

一团薪火

礼自风雅出，
敬吾薪火炉。
红丝连千里，
色韵染各族。
初省融在幕幕，
心逐迢迢路路。
闪亮承比昔浓，
青春不负君魂。
使命四方潮涌，
生生三格留颂。

（观新生才艺表演后有感）

返　校

俊颜何时添痕，
遇秋犹落纷纷，
道是快一程，慢一程？
含羞光阴如何，
陋室谁家新阁，
笑问向东边，向西边？
（致 2019 年返校日的校友代表）

新　绝

尔十又五志于学，
奋起云天足未歇。
三千俊颜映森勇，
归于零点始新绝。
（2018 年夏，写在杭州弈生画室办学 15 周年之际）

随笔·淡

寒假的大楼，冷清也冷静，触目的纸质封条，更多像是为了应景，顺便面对面也是背对背地发声：此地无人四十天。当然，有和无，并非界限如此黑白，因为目前靠动动手指可以“扣敲”任何角落、任何时段和绝大多数人，剩下的，或许是因为淡得不能淡，甚至在几何换算、函数推理后仍无“交集”，从而被彻底放逐。不带怎么告知也未有一丝犹豫，正如若干天前和若干年后，那些“再被赠予”的人去楼空和淡淡浅语……

随笔 · 敬

暖风送春来，亦送宾客至。一缕共愿丝带，趁着几日的浓浓暖意，从长城之巅蔓延至钱塘之滨，一起带临的还有“北京中博”十四年如一日的治学风华、施教风度和正气风范。

落笔犹叹事何成，以终为始，以始为衷。没有讲台的讲学、没有假期的值岗、没有门槛的接纳，只有育才为上的根本，是明镜，更是引擎，他们让有责任感的企业牵手有使命感的学院，并使精准化的服务填补专业化的需求，且共振了本来之初心、外来之兼蓄、未来之相谐，而“拿什么拯救我们的主动作为”这一问，终让人有些背凉！

随笔·省

严冬如期而至，虽然只有头皮“雪”，再配点“打头风”，但“动人”的势能以压倒性优势占领了空间和时间，没有一点点矜持，也没有一点点彷徨。趁着“点到为止”的冬意，杳兴而归的异乡人，带着一点“时差”和“想家”，匆匆坐上“开往春天”的地铁，因为那里有温暖，而且有着天下最大的包容。然而，随身的行李之中，是否有一些来自“浙理”的点滴？又一年的修身治学，照理可以烹出“家常菜”呈现于亲，毕竟在“浙理”的年华是人生最好的“食材”，也是来时与归去最大的心省。唯等“大厨”粉墨登场……

随笔·红

一直想作文于红，既是本命，也是本分，但“表层手术”要实现“蝴蝶效应”的预期，似乎在诸多的囿因下，无奈让“高个”成了“矮子”。幸运的是，初入这里的老红星和新红星，还是一颗一颗连成线地并肩向行，以琢玉成器、病树成春的心念，聚焦每一面、每一处、每一点，尽管在精力和时间之间的算法上有不平衡，在付出与获得上有不充分，但“学文的主儿有时候数学有点短板”，不妨以“学语文”的清风，抽丝、撩去、挥却，因为红心难得，岂在分分毫毫；“红尘”可期，又岂在一声一势！

随笔·望

2018年的第一场雨，淅沥也应景，洗去一个年轮的风尘，也浸润足下延伸的新途，更带来省心省目的“冷清”。恰如，原想从“娃娃型”党员的逆言中，求得更多的“法与术”，但相对保守的“一线先锋”们，还是没有完全挥却“吐字如金”的传统，一座座“孤岛”和一扇扇闭门赫然于前。如此“客气”并未有寒暄暖意，在凛然冷风前，不妨放下客套，用冷雨浇头的气势，说出“赠人箴言，心留浩荡”的温度，给开年之冬递上一杯荡涤心灵的“热开水”。

随笔·过

虽说没到年关，却也是岁末。熟悉的案头如一位寡言的挚友，默默陪伴一年的朝阳缓缓爬起，又伴随 365 日的夕阳渐渐睡去。虽然没有留下可触的雕琢，但已赋予真实的镌刻。一直温暖于这样的空间和时间，起落有致，浮沉自然，更有和南来北往的匆匆过客共振思维，与并肩相携的师者仁心“指点江山”。但“想和像”的“组合”多数配合并不默契，于己而言，不曾苛求所谓的止于至善，但以心换心的宁静孜孜以求。案头浅书，未谙深世；凡思之后，归于静默；过烟云烟，终得去所；达人正己，春秋人我！

随笔·差

在自媒体盛行的当下，手指与大脑的连接似乎比以前更为通畅和快捷，心随笔动的节奏已慢慢被心随指动所代替。但也始终存在一种方式，让心飞扬而指停顿。看着由“最好年华一族”制作的“最好情节表达”慢慢出炉，犹如一曲轻音慢慢流出，有韵味，有心绪，甚至有一些旁人似懂非懂的深邃、深刻。差了那一秒，思绪却被拉长；差了那一秒，永恒则被留住；差了那一秒，故事就被唤醒。未完，待续……

随笔·非

“望着手中的照片，回想已经在路边。”一句不知名的歌词，其实确有一定“杀伤力”：你或者是他，都在那里有过或正有着自己小小的“太阳”，尽管有风也有雨，披星也戴过月，当来路之上的那些面目越来越模糊不清的时候，背后的凉风似乎越来越清晰可触。徘徊这里，摇曳他方，与君相携，不肆非意，望尽长空，忆起：“总是炎凉亦春庭。”

随笔 · 光

慵懒的阳光，悠悠然地穿透明窗，不请自来地洒落于跳动的字节上，以为这是温暖和滋养，好过穿插于枯叶杂枝的碎光，强过止步于窗外的游光，胜过隐匿于云背的流光，洋洋洒洒，堂堂皇皇。但其或许不知，它已很安静地打搅了一颗意欲静修的心，倾斜了一对明暗相谐的天平。无语并非无思，无心并非无行，如果可以，不请自来的光，是否可以理智地留存一点给昏暗的楼梯，哪怕一点微光，都会照亮盘旋而上的每一个步伐！

随笔·惜

眼前的张君，可谓文武双全、内外兼修，但“物质富裕”并没有成为“精神富有”的代名词，纵然面前是一颗经过锤炼而欲淡定的心。确实，《速度与激情》，续集不断，因为那只是电影；能力与精力，冲突不停，因为这才是当下。忆往昔，岁月不算峥嵘，但至少可以“我的地盘我做主”；察今日，时光依旧正燃，但多人自问“我该为哪里代言”？问号虽小，但症结很大，本末倒置的沙漏，让时间似乎流失得更快、更无声、更可惜，此点与生共勉……

随笔·变

关于“六德六行”的分享，已在2010年的讲台上谈及，幸运的是，一些当初的弟子至今都能娓娓道来，颇感欣慰。然而，坐而论不如起而行的自我纠结一直未解。有幸，在学院“改玲姐”和长者们的支持下，今年对“传统文化节”进行了“小手术”，首推传统文化节“孝”季，通过形式创新、内容创造、板块创设，讲求创意，深挖“孝”这一文化瑰宝，传递“怀孝德，治天下”的初心与使命。破旧不易，但若不易，何来安易？至此，也由衷为新闻与传播学院各大学生组织的创造和创意点赞，真的很不错……

随笔·票

孙君兴高采烈又略显犹豫地徘徊在门口，欲言又止的青涩，恰如而今的天气欲寒又暖。幸好叠堆的案头没有遮挡不多的余光，而礼貌性的问候和微笑，让“破冰之旅”秒变通途。她是一个活动的组织者，当然，在活动纷呈的当下，她应该也是执行者，兴许还是表演者，前来只是想邀请我前往观看，她眼中的忙乱外加周末的时间，不免显得有点忐忑，但她或许不知，在师者眼中：给的是票，传的是情，去的是生，取的是真，暖的是心……